初代ボーリングブローク子爵 著

1st Viscount Bolingbroke

亡命に寄せる省察

Reflections upon Exile

マテーシス 古典翻訳シリーズ XVI

高橋昌久 訳

風詠社

目次

凡例

一．本書は初代ボーリングブローク卿（1678-1751）による Reflections upon Exile を 1st Viscount Bolingbroke, The Works of Lord Bolingbroke, Routledge, 2017. を底本として高橋昌久氏が翻訳したものである。

二．表紙の装丁は川端美幸氏による。

三．文中の脚注は原著にも記載があるものであり、「原注」と明記した。また読書の助けとして本書末尾に編集部が文末注を施した。

四．弊社の刊行物では外国語から日本語のカタカナに転写する際は、極力その国の現代語の発音に基づいて記載する方針を取っているが、古典ギリシアの文物に関しては著者の方針を優先し、再建音でカタカナ記載している。尚訳文本文に登場する物は可能な限り脚注にて現在の発音に基づいたカタカナでの発音を記載している。

五．「訳者序文」の前の文言は、訳者が挿入したものである。

六．本書は京緑社の kindle 版第九版に基づいている。

The world was all before them, where to choose
Their place of rest, and Providence their guide;

John Milton, « Paradise Lost »

世界は全て彼等の眼前に開け
憩いの場所を自由に選べ、摂理がその導き手であった

ジョン・ミルトン『失楽園』

訳者序文

著者紹介

初代ボーリングブローク子爵ヘンリー・シンジョン（Henry St John, 1st Viscount Bolingbroke 1678-1751）はイギリスの政治家。下院に入りトーリー党内閣での陸相、国防相を務め、スペイン継承戦争のユトレヒト講和条約の締結に貢献し、子爵となった。その後政治闘争の結果、ジョージ三世の即位前夜に解任された。フランス宮廷への内通とジャコバンに加担した嫌疑で官職、財産を剥奪され一七一五年パリに亡命。そこで『亡命に寄せる省察』が書かれた。十年後彼は帰国することを許され、再度政治家として活動した。国民による政党の議会からの独立性を訴えたが思うようにいかず、再度パリに渡り著作に専念した。他に『政党論』、『愛国心について』がある。

本作品について

本作品を知ったのはウィリアム・ハズリット著『テーブルトーク』を翻訳している時だった。そこで本作品が取り上げられていた。取り上げられた分量はそこまで多くはないが、ハズリットはこの作品を激賞して、作家の中で最も優れた作品だと述べていた。『テーブルトーク』自体も面白く興味深い作品で、ハズリットがこのように褒めているのだから、少しこの『亡命に寄せる省察』について調べてみた。分量も多くなく一通り読んでみて、確かに面白いと感じた。短かった故、着手していた翻訳を一旦中止し、本作品の訳に急遽取り掛かった。

セネカを読んだことのある人間ならわかるが、明らかに彼の影響を受けている。どちらも外界の財産や名声ではなく、自分自身に依拠し、本当の幸福はそれによってしか獲得することができないことを強く主張している。人生について述べた文章であり、哲学というより哲学的なエッセイである。ラテン語の引用もそこかしこにある。そして完全に主観だが、文体、文調ですらセネカと大いに通じている。人物とその人生を引用して、それで自分の主張を論じていくスタイルも共通している。また力強さはこちらの作品の方が上だと感じた。無論セネカの作品は強烈だが、ボーリングブローク卿のこの作品は生に対する執着もあるという意味でセネカとはやや色調が異なるところにあると思った。財産や名声を否定的に描きながらも、ボーリングブロークは生自体には強く想いを抱いているのに対して、セネカにはどこか諦念めいた澄んだ調子がある。前者はまだ政治闘争の熱を胸に沸々と激らせていたからかもしれない。

見たところ本作は本国のイギリスをはじめ、その他の欧米諸国においても全くではないにしろ、知られていないようである。本翻訳がまた過去の古典の発掘としての役割を果たすことができれば幸いである。

亡命に寄せる省察

精神の気晴らし、そして時の流れ、これらは苦痛に苛まれている時に、人類が癒しとして信用のできるものである。だが気晴らしの方は一時的に過ぎぬし、後者は効果が出るには時間がかかる。我々は自分たちの不幸から飛び去るように自分たちから飛び去っていき、苛まれている苦痛から逃れた安息所で過ごすためのしばしの時間を見出したからといって、我々の苦痛そのものが癒やされたと本気で考えていいものだろうか？あるいは冷酷無慈悲な医者である時間から、長引くような不確かな解放と期待してもいいものだろうか？我々は自分たちが惨めであることを忘れてしまうくらいに幸福になるまで待ち、本来なら能力の強さによってもたらされるはずの平穏を能力の弱さによって獲得するものだろうか？

そんなことあるはずがない。あらゆる過去とあらゆる現在において苛んでいる苦痛を眼前に浮かべよう。そしてそれらから逃げるようにして飛び去っていくのではなくそれらを超克したり、長く恥辱もある忍耐によってその苦痛の感覚を消尽させよう。一時的な癒しを求める代わりに、鋭利で痛烈なナイフを用いてその傷の底の部分まで探究し、即時的かつ徹底的な治療を施そう。かつての不幸を思い起こすことは後にくる不幸に対峙するための精神を陶冶させる。幾多の傷口が縫われた体を検査していくこと、かつての全ての確執から勝ち誇った者が一つの傷の苦痛の下にまで沈んでいくことは本人を赤面させるに違いない。不運な境遇の電撃の下のため息と涙とたじろぎが、長期的な幸福の力が磨耗してしまった優しき精神を持つ不幸な人々の一部となるように。また災禍に苦しんだ幾多の星霜を過ごした人々は、高貴で不動な忍耐強さを以て最も重き災禍に立ち向かえるように。途切れることない災厄はこのような効果を存分にもたらす。というのもそれは継続的に苦しみをもたらし、いよいよ苛烈になっていくからである。

これこそが哲学の言葉というものだ。そしてそれを保持し続けるための権利を持っている者こそ幸福だ。だがこの権利は可哀想な対話によってもたらされるものではない。我々の振る舞いこそがその権利をもたらすのだ。それ故自分たちの力を頼りにするのではなく、我々の弱さと無駄にしてきた時間を告白することが叡智を学ぶことに自身を埋没させるための最も確実な方法なのだ。これはゼノンが聞いた神託であり、人生において人が晒されている無数の出来事の真っ只中で平穏を確実なものとするのに他に手段はないのだ。

哲学には戦争と同様にゴミのような部分もある。そして哲学の息子たちにもやはりゴミのようなものが多数あり、それは人間以上の存在になろうとしたところ、どこか人間以下の存在に成り下がったのだ。こうなる危険性を妨げるための手段は簡単であり確実である。どんな分野であれ、それに没頭する前にそれについて考察してみるというやり方は理にかなったことではある。だがそもそも何一つにも没頭しないことの方がより理にかなっていると私には思える。悪徳一つではなく全部に耳を傾けよう、そしてどれに真理があるかは完全に無関心でいよう。悪徳を矯正し、人間の精神を強化するために尽力した者たちの助けを喜んで受け容れよう。だがどれを選ぶかは自分自身に依って決め、どれにも無条件な同意を向けるのはやめよう。そういったわけですでに述べた分野（哲学）において、素晴らしく驚嘆すべき文と最初にある全ての逆説を横に置くとしたら、自然が示し経験によって確証されるように、我々の偏見とは無縁なはずの理性が快楽に屈してしまうことが、哲学の教義から読み取れる。このような注意が前もってなければ、我々は実際は奴隷なのに空想上では王様になってしまう危険性がある。前もってあれば、我々の生まれながらの自由について自ら示され、有為転変の運命とは無縁に生きることができる。

偉大な終わりを迎えるためには、我々は門番のように注意深く佇み、気まぐれな神々の密かな、あるいはあからさまな攻撃が我々に届く前に察知する必要がある。そういった攻撃が察知できず不意に我々に襲いかかる場合、もはや抵抗することは相当難しくなる。だがあらかじめ察知しそれを待ち構えている場合、いとも簡単にその攻撃を払いのけることができる。突然の敵の侵攻は全く待ち構えていない国を転覆させる。だが戦争をあらかじめ予期し、それが勃発するそもそもの前から用意している国は、最初の最も激しい電撃的な侵略をなんら困難もなく耐え切る。私はこの重要な教訓をずっと前に学び、今の運命が譬えどれほど平穏であるように見えたとしても絶対にそれを信用しようとしなかった。富、名声、名誉、その他の運命が私に与えた恐るべき恵みについても同様に信用することはない。というのも私が抵抗する間もなく運命が逆にそれを奪い取っていくことも考えられたからだ。運命のこれらの恵みと自分との間に大きな距離を私はとったのだ。ある程度運命は実際それらを奪い去っていったが、根底から全てを奪い尽くすことはできなかった。良き運命によって欺かれたものが悪い運命によって苦しむ。運命の恵みにどんどん愛着を持つようになったら、それが我々に属するものとして捉え今後もずっと我々の手元にあり、それらに寄りかかり過剰な配慮を向けることになったら。それらの誤った儚い恩恵が消失し、強い快楽が伴った我々の虚栄と子供じみた精神が空想上ののすら含め無くなってしまったら、我々は即座に悲しみのあらゆる苦味の中へと沈み込んでいくのだ。だが成功によってはしゃぎ立てることがなかったなら、同時に逆境においても喘ぐことはない。我々の魂はこれらの両方の境遇における危険性に対して対抗できるのだ。そして自分の力量もすでに発揮して試していたのだから、そのことに確信が持てるのだ。というのも幸運の真っ只中において不運にどのように耐えられるか試したからだ。

信用に基づいて意見を受容するよりも、洞察と判断によって意見を受容することの方が難しい。それ故世界が他から借用する最も偉大な要素は、生と死の出来事が関わる全てのものを受け入れる者である。人は皆事物の追求に熱心だが、それは真の善を内包するには程遠く、表面的なだけの欺かせるような光沢が塗られているのであり、その見かけに相応したものが含まれてはいない。だが他方で、悪と呼ばれている事物の中で社会全土によってもたらされる叫びほど強大で恐ろしく人を脅かすものはない。国外追放【exile】という単語は仮借ない響きを確かに持っていて、人が慣習的に賛同してきた特定の信念を通してひどく不快な悲しみで我々を打つ。このようにして群衆は一般的に意見を形成してきた。その意見の大部分は賢い者によって撤回された。

　それ故大衆の意見や事物の最初の外観に応じて決定するような判断力は拒否することとして、国外追放ということが本当はどういうことなのかを私としては考察していきたい。それはまず活動する場所が変化することである。そしてこれを聞いて国外追放の定義を狭めているとか最も衝撃的な部分を隠しているとか言われないために、こうも付け足す。つまりこの場所の変化は以下の不便さの幾つかあるいは全てが付随するものだということ。今まで味わってきた自分の地所そして持っていた社会的な地位の喪失。我々が所有していた権力と報酬の喪失によって、家族や友人たちとの別れによって、味わうかもしれない軽蔑によって、我々を追放させた者たちの悪意によって、その人間性の本来あった無垢さが汚されていき、自分の不正義を正当化させるための力も損なわれていく。これらはまた後で書いていきたい。他方で、国外追放による場所の変更によって具体的にどんな悪があるのか、抽象的そして具体的に書いていきたい。

　自分の母国から追放されて住めなくなるのは耐え難いということ。それは本当か？ならどうしてあれだけ任意に国外で暮らす人たちの数がいるのか？ロンドンとパリの通りがどれほど混雑しているか目を向けてみるといい。それら多数の人々を名前で呼び、彼等がどこの国出身か尋ねてみるといい。一体そのうち、地球の様々な場所からやってきてそれらの巨大な街に、善徳と悪徳への最も多大な機会と励ましを提供するそれらの街にやってきた数はどれくらいいるだろうか？野心によってそこにやってきた者もいれば、仕事によって派遣されてきた者もいる。

その街に己が精神を向上させたり、財産を儲けようとするためにやってくる者も多数いる。中には己の美や雄弁性を市場に持ってくる人もいる。その街から離れて、今度は東か西の最端まで行ってみるといい。アフリカの最も野蛮な国々や無愛想な北の地域へと行ってみるといい。そこに自分の意思でやってきて住んでいる人たちのように、そこの気候はそこまで悪くなく、国家もそこまで野蛮だとは思わないだろう。

Dum unusquisque mavult credere, quam judicare, nunquam de vita judicatur. semper creditur.

誰もが自分で判断するよりは人を信じる方を好む限りは、人生についても決して自分で判断せずに常に人を信用することになる。

自分の精神をよぎった無数の贅沢について、そのうちの一つは自分たちが母国に対して抱いているような心の奥に潜んだ愛情、それは我々の理性とは独立し凌駕している、と看做し得るまるでその大地のあらゆる箇所において何か物理的な徳があり、それはそこから産まれた者たち全員にその作用をもたらしたかのようである。Amor Patriare ratione valentior omni【祖国の愛はあらゆる理性より強い】。

ホームシックというのはあたかも普遍的な伝染病のようなものであり、それは人間の体と不可分一体であり、決してスイス人独特のものではないかのようだ（スイスの山脈はスイス人たちによってつくられたのと同様、スイス人たちはスイスの山脈によって産み出されたようにも見える）。この考え方が国家の安全性と偉大さの形成に貢献したのかもしれない。そういったわけでそれは人工的に耕されてはいないのであり、教育の偏見や先入観は注意を払いつつ取り除けられた。多くの人がこのことを他人に説き伏せ、自分たちもそのような存在なのだと人々は信じ込んだ。

プロコピオス[i]はアブガル[ii]がローマに来て皇帝アウグストゥスと拝謁したが、アウグストゥスが彼を故郷に戻らせないくらいに友情と尊敬の念を築いたと書いている。アブガルは狩猟をしていた時に捕獲した動物を生きたまま数匹献呈したのだが、アウグストゥスは円形広場の様々な箇所にそれらを置き、そのうちのいくつかの地点はそれらの動物が捕らえられた場所だった。そしてそれらの動物たちを離すと、どの動物も住んでいた地点にあった場所へと駆けていった。各々の動物たちにはその心に自然が刻んだ故郷への愛の感性を持っていることについてアウグストゥスは敬意を払っていたのだが、その光景を見てそれが正しいものだと判ると、アブガルが要求したことを即座にのむことを伝えた。そして悔やみながらも四分領主をオデーサに戻すことを許可した。この話の信用性は同じ場所でアブガルがイエス・キリストへと手紙を宛て、それに主が応えアブガルが回復したと同じくらいのものだ。ここで述べてきた考え方ほど根拠に乏しく、馬鹿げているものもない。我々が生まれた国を愛するのは特定の恩恵がそこから引き出されるからであり、ある種の恩義があるからである。それは生まれた国と同様、他の国との関係でもあり得ることである。それは生まれた時からいる国と同様に、任意に選択したものも同様である。他の全ての点において、賢い人間は自分自身を世界市民と看做す。そして彼に自分の国はどこにあるのかと訊かれれば、彼はアナクサゴラスのように指を天へと向ける。

さらに宇宙全体は継続的な循環をおこなっていて自然がそれを喜んだりそれによって自身を保護するように思えるとした人がいて、同様に人の精神にも先天的な絶え間ない運動があり、場所や住処を変える傾向を持つと言うのである。この主張は少なくとも先ほどのものとは違い外観上は正しい。そして経験上先ほどのものは矛盾を孕むが、これは是認されることとなる。だが理由はどうであれ、それは無限の時空の中で無限の数の出来事において無限に態様が変化してっているのだが、世界中の家族や国家は絶え間ない有為転変にあり、地球上の各々の部分に入っていっては追い出されていくのを交代交代に行っている。アジアの移民団のどれほどの数がヨーロッパへと入っていくことだろうか！フェニキア人たちは地中海の海岸に入植し、入植した土地を海の方にまでも広げていった。エトルリア人はアジア的な血統を引いていた。そして更に言うなら、世界の君主と言うべきローマ人たちはトロイア人たちの亡命者たちを帝国の創始者たちと看做していたのだ。これに応える形で、ヨーロッパからアジアへの移民もどれほどあっただろうか？数え上げていけばいつまで経っても終わらない。それにイオニア人やその他の同程度の名声を持つ人たちを除いても、ギリシア人は数世紀の間継続的に遠征を行い、アジアのいくつかの箇所に街を建てた。ガリア人[iii]もまたそこにやってきて王国を建てた。ヨーロッパ的なシチリア人たちはこれら広大な地域を占拠して、自分たちの武器を今度はエジプト領土へと持ち込んだ。アレクサンドロス大王はヘレスポントス[iv]からインドまで全て征服し、そこに街を建てて、自分の征服地を確たるものにするために入植地を設けて自分の名前を不滅のものにしようとした。世界のこれら両方の地域においてアフリカは入植者とその主を受け入れてきた。そして受け入れた分、送り出したのだ。シリア人たちは街を建てて、カルタゴ共和国を創始した。そしてギリシア語がエジプトでの言語となった。最も古い時代からはカルデアにおける川、そしてセソストリス[v]が黄褐色の入植地をコルキス[vi]に建て、スペイン人が後の時代になってムーア人の支配下にあることが知らされる。もし古代の北欧について紐解いてみるならば、我々の父であるゴート族が彼らの最初の英雄で後の神となるオーディン[vii]とトール[viii]に導かれアジアのタタールからヨーロッパへと侵ってきた。そしてそれでもこれが最初の移民であると断言できるものだろうか？彼らはアジアへとおそらく東側から入っていきたのであり、その大陸は彼らの後裔たちがヨーロッパ西側から航海して入ってきたものである。[ix]そして三千か四千年の時を経て、同じ人種の人たちが自分たちを入植地と棲家を地球上にぐるぐる回していたということになる。これはグロティウスが妥当だと思っているように私も妥当な推論だと思う。というのもアメリカはスカンジナヴィア人たちが入植してきた土地だからである。世界というのは広大な荒野なのであり、人類はそこに天地創造以来一つの場所からまた別の場所へと押し合いながら彷徨ってきたのだ。移動した者たちのうち、それが強制的なものもあれば、自身の選択によるものもあった。ある国家は別の国家がもう持っていることにうんざりしているものを奪い取ろうと躍起になっていた。そして今の時代においてその国がどこにも権利が移譲されず最初の入植者の血統を引いたままのものであると指摘できることは困難であろう。

かくして運命は何ものもそのままの状態にずっとあり続けないように取り計らった。そしてこれら人々の移動は全て公からの亡命者たちなのだろうか?その答えはケース・バイ・ケースとなるが、本性は我々がどこに行こうと同じものであり、その事実だけでも我々が場所を移るいかなる反対も跳ねつけるだけで十分であり、それだけでも亡命者たちを待ち構える他の不便も取り除けられることとなると最も学識あるローマ人たちは考えている。ブルートゥスは亡命の際に自分の徳を持っていくことは妨げられないだけでも十分だとした。そして各々のこれらの考え方が快適さを味わえることには十分ではないと判断する者は、ならばもしこれら二つの考え方が結合すれば亡命の恐怖を払いのけることができるのだと白状しようとしている違いない。人が味わうことのできる二つの最も貴重なこと、つまり変わらぬ本性と我々固有の徳、それらは間違いなく我々がどこに足を向けようとついてくるものであり、それらと比較したら残りのものとしては敬意を抱くだけの価値あるものはどれほど少ないだろうか。信じてほしい、神の摂理は世界をこのような体系として創り上げたのであり、我々に属するものの中で最も価値のない部分ですらも他人に奪い取られ支配下に置かれることがあり得るのだ。最良のものは何であれそれは誰にも奪い取られることがない。それは人間の力の届かぬ範囲にあるものなのだ。誰かに与えられることも奪い取られることもない。それが世界という自然の最も偉大で美しい働きなのである。それが人間の精神であり、高貴な要素が形成される世界を省察し感嘆するのだ。不可分一体に我々と一緒なのであり、一体である限りそれを享受することができ続けるのだ。それ故人間がもたらす事件が我々をどこへと導いていこうとも威風堂々と歩んでいこうではないか。そしてどこへ行こうと、どんな岸辺に我々が放り投げられようとも、自分たちが絶対的なよそ者であると見出すことはないようにしよう。我々は同じ形をして同じ能力を授かり同じ自然の原則を持っている生き物、男たちや女たちと出会う。同じ普遍的な原則から流れ出る同じ善徳と悪徳を見る（ただその徳は共通の原則ではあるが、同じ世界の目的因と社会の保持のために立てられた無限に多様な法律や慣習に応じて幾多もの場合によっては真逆な様態を呈している）。我々は同じ季節の周回を感じ、同じ太陽と月[1]が年の流れを導いていくことだろう。星々が散りばめられた同じ蒼穹が我々の頭上に広がっているだろう。同じ太陽を軸にそれを回る異なった球体の惑星に感嘆を覚えることができないような箇所は世界にはない。それ故に宇宙の縹渺たる空間に架かっている不動の星々の大群、己の周囲を回っていき未知の世界を照らし出し愛しむように光線を放つ太陽よりも壮麗たるものを発見することはできないかもしれない。私がこのように黙想していて恍惚としている間、私の魂が昇天している間、それは私がどのような大地に足を踏みならしたかを少ししか顧みない。徳について論じた本の中でブルートゥスは、亡命状態にあったマルケッルス[x]とミュティレーネ[xi]で会ったことについて言及していたが、彼は人間本性としてこれ以上ないくらいの幸福感で生きていて、かつてないほど精励で洗練された様子にあり、賞賛に値するあらゆる類の知識も知っていた。さらに彼は、どちらかというと自分の方が追放されているのではないだろうか、何せ相手はこんな状態にあり続けながら、自分はそういったことなく帰国しないといけないのだから。ああマルケッルス、ブルートゥスが追放されることを是認した時彼はさらに幸福だった。というのも社会が彼の執政権を認めたのだから！自分のカトー[xii]からすら感嘆されていたような人物から感嘆されるなんて、なんてお前は偉大な男なんだ！さらにブルートゥスは、カエサルの後ろに思わず身を潜めた。なぜならマルケッルスが彼には相応しくない亡命者という境遇に強いられている光景に我慢がならなかったからだということも後の部分で述べている。彼の復権はやがて元老院全体に

1　原注：プルタルコスの「追放について」より。彼は故郷の国から離れて生活できない人たちとアテナの月を思い描いていた素朴な人たちを比べた。後者の人たちが思い描いた月はコリントスのそれよりも美しい。天において過ぎ行く年月を導いていく（Labentem coelo quae ducitis annum）。ウェルギリウス『農耕詩』

より公共の仲介によりもたらされたのだが、元老院の人たちも皆カエサルのような激しい悲しみに落ち込んでいたのだ、なぜなら皆がその時ブルートゥスと同じような気持ちになっていて、マルケッルスではなく自分たちのために嘆願しているような具合だったからだ。本来こういう状態なら帰国することは栄誉なのだが、マルケッルスはブルートゥスが彼を置いては帰国できないし、カエサルも彼を見たくないとして海外にいたままなのが、より大きな栄誉に彼は浴したのであった。二人とも彼の美点を知っていたのだ。ブルートゥスは悲しみ、カエサルは彼なしでローマにいくことに赤面した。[2]

　メテッルス・ヌミディクス[xiii]は同じような運命を数年前に辿ったのだが、自分自身が奴隷として最適な道具である世間の人々はマリウス[xiv]、あのカエサルによって完全なものに仕立てられた暴政を敷いたマリウスの指示の下で待ち伏せをしていた。メテッルスは怯え切っていた元老院と圧倒的多数の大衆たちの真っ只中で、サトゥルニヌス護民官[xv]の悪性の法令への同意の誓約を行うことを拒否した。その忠実さが彼の罪として仕立てられ、罰として国外追放に処されることとなった。野蛮で無法な集団が彼に襲いかかろうとしていて、街で最も優れた人々が彼を防護するために武装して、自分たちの命を捧げ祖国に多大な徳を保持するように構えている状態にあった。だが説き伏せることに失敗した彼は、無理やりそんなことをさせるのは法に基づかないものだとした。彼はローマの福祉への熱意により、アテネの晩年期に判断したように、判断したのであった。メテッルスは市民たちが法律を修正したなら自分は追放されず職にまた召還されることをわかっていた。仮に修正されないとしても、ローマほど悪い場所はないのだから追放されてもそこまで問題ないとした。彼は自発的に亡命し、彼がどこに足を運ぼうとも自分の確かに患っている心身も一緒に引きずっていき、絶えずローマの公共の福祉の破滅を予測していた。彼が国外でどのような気分にあったか彼の手紙の一つにおけるいくつかの部分において最もよく見て取れる。それはゲッリウス[xvi]が年代記編者として衒学的に文章を編集したもので、クラウディウス[xvii]が「illi vero omni iure atque honestate interdicti, ego neque aqua neque igni careo et summa gloria fruniscor【実際にそれらはあらゆる法律や敬意から見せしめとして禁じられていたが、それでも私は火も水も欠くことはなく、最も高き栄光を享受するのだ】」という言葉を元に保管したのであった。自分の徳の意識と共にいる汝こそ幸いだ！汝は敬虔な息子と一緒にいて、その素晴らしい友人は汝と似通った美点と運命を持つ！

ルティリウス[xviii]は厳格な正義感を持ちそしてその職務の執行能力を発揮し、アジアを徴税請負人たちの強奪から守ったのである。その際彼の誠実性、そしてメテッルスに対する敵意ゆえに騎馬兵団は彼の敵対者であり、海兵団も同様であった。ローマの最も無実な男が堕落している

2　原注：マルケッルスは帰国の途中アテナにおいて古き友人であり兵士として同僚であったキリに暗殺された。キリの殺害動機は明らかになっていない。カエサルが黒幕として疑われていたが、ブルートゥスの主張によって潔白であるかのようである。

として告発された。最良の男が最悪によって、悪評に身を捧げ切った様な男のアピキウス[xix]によって起訴された。[3] 誤った告発を巻き起こした者たちが裁判官としてその席に座り、彼に対して不正な判決文を口にした。彼はそれに対して弁護しようとすることもなく、東へと身を退いていきローマが耐えられなかったローマ人の徳を携えて行った。そして落ち着いた場所では誠実に歓待された。それでルティウスは自身を有罪にした奴らによってその行為ゆえに未来永劫の世代に犯罪人として仕立てられた者として不幸な存在とみなすべきだろうか?彼がローマを去った時、亡命生活が終了した時の苦しみよりも遥かに安堵した彼は不幸な存在なのだろうか?独裁者スッラは彼のみを祖国へと召還したにも拘らず、彼はそれに従わないどころかさらに遠くまで離れていった彼が?

そしてかつての時代の記録から集められるこれらの実例から君はなんと考えて言うだろうか?私としては単純に捉えて、場所が変わったからといって人を不幸にすることはないとし、追放に反対する他の悪人たちも、彼らが賢く徳のある存在ではないか、あるいはそうだとしてもそれで相手を惨めな存在にできるというわけではないのだ。石は硬く、氷の塊は冷たい。そしてそれらを触り感知すれば、似たような感じ方を受け取るのだ。だが我々に運命がもたらす善き出来事や悪き出来事は、それらのあり方ではなく、我々自身の在り方において感じ方が変化するのだ。それらの出来事自体は無関心でよくある事件なのだが、我々の悪徳や弱さゆえにそれらの力が強大化するのだ。運命はそれと我々が関与しない限りは幸福も不幸も齎さないものなのだ。地所を無くしたとしても不幸にある者は、逆にそれを所有することになれば幸福になる。それまで享受していてそれが亡命生活によって奪われていたのなら、今度は亡命生活が奪われたとてそれで不幸になることはない。この原則に関して例外をここで述べると悲しくなるが、キケロはその例外としてあまりに著しく、そのことを隠したり無視したりするわけにはいかない。

この偉大な祖国の救世主であった彼は、敵意に躍起になっていた党が有する、彼への侮辱や更に暗殺者たちの刃にも、己の偉大さ故に怯えることはなかった。だが同じ偉大さで苦しむことになったら、今度はその重圧で潰されていくようになった。彼は寛大な摂理が本来自分の浴する栄光を完璧にするものと捉えていたのに、追放されることになったのを不名誉なものと捉えた。

どこに行くべきか何をすべきか亡命生活ではわからず、女のように怯え子供のように捻くれていて、自分の社会的地位の喪失、富の喪失、そして華麗な人気の喪失を嘆くのであった。彼の雄弁性は己の不名誉をより強烈な色彩で塗るだけであった。彼はクラウディウス[xx]が解体した立派な家の跡で咽び泣いた。妻テレンティアとは離れ離れになったのだが（まもなく彼は彼女

3　原注：さらにティベリウスの治世においてアピキウスという同様の運命を辿った別の人物がいて、彼は大食漢で有名だった。さらにトラヤヌスの治世においてもいた。

と縁を切った)、彼女は彼にとって苦しみの種となっていたのかもしれない。一旦悲しみに沈んだ人間は何もかもが我慢ならなくなる。今まで楽しみを味わわなかったことについて後悔するようになり、すでに身にのしかかっているものについても嫌悪するようになり、羽の重さにも縮み込むようになった。追放されたキケロの振る舞いはこのように沈み込むものとなり、敵も友人も彼は五感が正気を失ったと信じるようになった。キケロの中尉がなることを拒んだカエサルは内心満足しながらも、クラウディウスの鞭の下で泣いているのを見た。ポンペイウスは自分の友人を軽視して見捨て、このような境遇に彼を置いてしまったという己の無恩に対するなんらかの弁明を見つけようとした。アッティクス[xxi]は彼が追放前の恩恵にあまりに卑しく執着しすぎているとして彼を非難した。アッティクスは高利貸しでその追い立て人としての才能を多大に有しており、人の主要な美点を金持ちかどうかに着眼していたのであり、アテネでは悪評であり、周囲をがっちり安全に固め、危険な試みは何もしないのだ。だがそのアッティクスもキケロに関して恥ずかしく思った。そして最も賞賛すべき男はキケロの振る舞いをカトー[xxii]のそれのようだとした。

私はこの実例についてより長く言及したのだが、それはそれまでに述べてきたことの真実性に反するものは何もないからであり、そして重要性のある他の要素も我々に伝えるからだ。賢い人間というのは亡命生活のあらゆる害悪について間違いなく凌駕している。だが厳密に言えば、自分の精神に何か沈んだ情念を一つそのままにしておいたなら、賢い人間という称号に相応しくないということだ。公私ともどもの義務について学び取り、それらに完全に精通し、社会の眼にしっかりと応じてこなしていくだけでは賢い人間と呼ばれるのに十分ではない。心の奥に眠っていて我々が思い巡らしても気づかない情念、あるいは些細なものと看做しそれを味わい尽くしたり発揮させ徳を助けるために促進してきたような情念、それはいつの日かその人の平穏を破壊し、その人を満身に不名誉に陥らせるのである。もし徳がその人のあらゆる側面からその精神を占有したのなら、我々はあらゆる側面において傷つくことはない。だがアキレウスは踵に傷を負った。見過ごしたり無視したこの最も小さな部分が我々に致命的な一撃を喰らわせることもあり得る。理性は一回勝利しただけでは我々の精神を絶対的な支配下におくことはできない。悪徳は数多の蓄えがあり、それらは全てやっつけなければならない。強力な拠点を持っていて外へと追いやらないといけない。そして幾多もの試練において実際にやっつけたり外に追い出したかを試されることが突然あるのだ。最も強烈なものには対抗できても、最も脆弱なものには屈服することもある。貪欲さという精神における最も伝染する病は取り除けたとしても、それでも野心に隷属する状態にあることもあり得る。魂から死の恐怖を取り除いても、また別の恐怖が滲み寄ってくることもあり得る。キケロがまさにこの実例であった。虚栄心が彼の主たる悪徳であった。それは疑いなく彼の熱意をさらに温め、より勤勉にし、祖国愛を活性化させ、カティリナ[xxiii]に対する粘り強さの支えとなった。だがその結果カティリナによって完全に敗北を喫することとなった。彼は死ぬことを恐れていなかったのだが、地所や地位や名声やその他のこと全てについてはその喪失を嘆いた。死に怯えぬ彼はそれらが奪われて茫然自失としていたのだ。「Ut vivus haec amitterem【それを失うために生きる】」。彼が死に直面する時、彼の顧客であり殺害者であるポプロウス・ラエヌスに対して言ったのと同じ毅然とした態度で臨んだものと考えている。「老練な兵士よ、近づいてこい、少なくとも俺の首を切ることくらいはしっかりできるだろう」と彼は言った。だが同じ彼が、自分がいつも着ていた衣装を剥ぎ取られることを自分にも他の人たちにも見られることは我慢がならなかったのだ。これによって彼は恥ずべき言葉を漏らすことになったのだ。「Possum oblivisci, qui fuerim, non sentire, qui sim, quo caream honore, qua gloria, quibus liberis, quibus fortunis, quo fratre【私の栄誉や名声、私の子供たち、私の資産、私の兄弟が私になくなってしまってどうにもやり切れるものだろうか】」。そして彼の兄弟については「vitavi ne viderem, ne aut illius luctum squaloremque aspicerem aut me【私は彼と会うのを避けていたが、それでも彼のことを今までも今も自分自身以上に愛している】」。彼は死のことを考えて、その心構えをした。そういう境遇において自分の虚栄心がくすぐられることもあった。かつて繁栄して生活している時は同じ虚栄心によってその後の身に降りかかる転落を想定することを妨げた。転落が降りかかってきたら彼は驚き、茫然自失とした。彼はローマの華やかさと慌ただしさ、「fumum et opes, strepitumque Romae【ローマの煙と活動と喧騒】」を死ぬ時にもまだ愛着があり、今までの暮らしによって必要なものだと看做しており、自然にとっては無関心だったはずのそれらについて身を離すことが最期までできなかったのだ。

それについてはすでに上に述べている通りで、これからもっと深くそれらについて吟味していくことになる。活動している場所が変わるというのはどんな人間にも起こり得る。それは多くの場合喜びなのだが、では国外追放される身として被る悪については一体誰が耐えられるだろうか？それは君なのだ。自分を自分としてあるがままに捉える者は皆耐えられるのだ、我々の眼前の前に浮かぶ誤った像を見ることを除けばだが。どのように？君は自分の地所を喪失して、望みを縮めた。それでいて君はそれらを自分の範囲内から追い出し管理する不安がなくなるから、かつてないほど裕福な状態にあるのだ。我々の先天的な本当の意味で必要なものは狭い範囲にとどまるのだが、空想と慣習によってその範囲が無限大に広まる。真理は小さく確かな領域のみに属しており、他方誤謬の範囲は巨大である。もし我々が真理の領域範囲を超えるように欲望を押し広げたら、それは永久に広がっていく。「Nescio quid curtae semper abest rei【我々の不完全な富において絶えず何かが不足している】（ホラティウス）」。豊富にある中で欠乏することとなり、我々は裕福の中で貧困になっていくのだ。それ故望みを減らすのだ、とギリシアの使徒[xxiv]が言い、エラスムスが祈祷の文句としてよく口にしていた「quam multus ipse non ego【どれほど多くのものが私のものではないことか】」という言葉を君も言えるようにするとよい。そうすれば本当に必要ないものがないからといって嘆くことはないだろう。残されている少しの水流だけでも自然の渇きを抑えるのに十分なのであり、それで抑えられないものは君の渇きではなく君の苛立ちである。精神上における悪徳習慣から育まれた苛立ちであり、それは国外追放の結果生じたものではない。人類のどれほど多くが貧困に育ち、慣れ親しんでいるがゆえに陽気にそれとやっていけることだろうか？最も下賎な職人ですら慣習によって獲得しているものを我々は理性と反芻によって獲得できないとでもいうのか？そんな人たちよりも遥かに恩恵を被っているのに、欠乏と必要は彼らに無縁なのに、我々がその奴隷となるのであろうか？金持ちが一国や世界の一部分によって産み出されたものでは飽き足らない理不尽なまでの欲望は、住むことのできる地球全土が荒らされ、東のキャラバンが継続して歩みを続けていき、最も遠い海がだらけにならなければ満足できないのだ。このように甘やかされ、過剰なまでの豊かさに飽食した人間は、大抵慎ましい寝床で寝たり、家庭的な料理をすることに喜ぶ。彼らは倹約の腕へと避難するように駆け付けていく。時々望むことに対していつも怯えて生きていて、そして模倣するくらいに贅沢だと思っている人生から逃げ出していくなんて、実に狂人ではないか！さあ、徳や素朴さや慎ましさの時代に生きていた偉大な人物たちの方へと目を後ろの方に向けようではないか、そして栄光の真っ只中で達人であった彼らより我々の方が運命により豊かさがもっとあるのにも関わらずそこから追放されている方が楽しい生活を送っていることを思って恥じらいを感じよう！我々は偉大な独裁者がサムソン[XXV]の如き逞しい使者たちをもてなしている光景を見ていることを想像しよう。それは公共の福祉を脅かす敵たちを何度も沈め、勝利の月桂樹を議院へと持って行ったその同じ手で炉辺の上で卑しい食事を料理している。プラトンには三人の召使いだけいたことを思い出し、ゼノンには誰もいなかったことも思い出そう。プラトンには三人の召使いだけいたことを思い出し[4]、ゼノンには誰もいなかったことも思い出そう[5]。祖国の改革者だったソクラテスもまた同様にあちこち行っていた。そしてメンキウス・アグリッパ[xxvi]のように祖国の仲裁者として残り、献呈されながら埋葬された。[6]

アティリウス・レグルス[xxvii]はカルタゴ人たちをアフリカで打ちのめし、一家の農夫がこのように他国へと移っていたことから一家は困窮し、最後に彼の小さな農場の耕作地は公に管理された。スキピオは娘たちに十分な資産を遺すことなく死去し、娘たちにとって必要な資産は国庫から出された。彼はカルタゴに永久的な献呈を授けたのだから、ローマの人々は彼にも貢ぐこ

4　原注：プラトンの遺書では四人の召使が言及されていて、彼が自由を与えたディアナは除外されていた。アプレイウスは小さな庭園からなる自分の地所を学園の近くにおいていた。さらに生贄のための雑務のために二人の召使、そして子供一人のために耳飾りを作るのに足りるだけの金銭を抱えていた。

5　原注：ゼノンはキプロスからギリシアまでやってきたとき、千のタラント金貨を持っていたが、それを船の金として高利で貸した。彼は端的に言えば、保険会社の一種の店を持っていた。おそらく「recte sane agit fortuna, quæ nos ad philosophiam impellit【まさしく運命によって、哲学へと我々が駆り立てていくよう導かれていく】」と言ったとき店をたたんだのだろう。その後、多数の高価な贈り物をアンティゴネーから受け取った。それ故ゼノンの送ったとても慎ましくて質素な生活は彼の選択の結果なのだが、別にそのように慎ましくある必要はなかった。

6　原注：ラエリウスは、ソクラテスがいつも箱を一つ保管していて、本来は彼らが持つべき金をそこに入れて生活していたとアリストクセノスの言葉を引用しつつ断定している。

とが公平だというのは間違いない。

このような実例によって我々は貧困をまだ恐れるべきだろうか？多数の著名な祖先たちを有する一家に縁入りすることを軽蔑すべきだろうか？かつての偉大な哲学者たちや偉大な英雄たちが決して楽しみを抱かなかったものを奪い取られることを理由に国外追放となることに不平を述べるべきだろうか？私が追放された自分に対して各々の不運が全て合わさってやってきて、その組み合わさった力で彼らを押し潰すと言えば、それは間違っていてわざとそう言っているとすら言うだろう。もし場所が変わったとしてもそれに貧しさがついてこなければ、あるいは貧しくとも家族や友人たちから別離するということがなければ耐えられるし、それに伴う地位や名誉や権力の喪失やそこからくる軽蔑や恥辱に耐えられるのだ。このような推論を立てる人がいたのなら、次のような答えを述べていきたい。自分の持っている情念がどこへと向かっているかをしっかり分析しておらず心構えのない人間は、これらの状況が少しでもあればその人を惨めな状態にさせるのに十分である。だが自分の情念を全て支配下においている人間、これらの出来事を全て予測していた人間、それら全てに耐えようと心構えができている人間は、それら全てを超克していて、一つどころか全てが一斉にやってきても耐え切ることができる。彼は自分の地所が失ったことには耐えられるから、自分の地位が一番下に落ちることに耐えることもない。だがそもそも彼は両方とも耐えることができる。なぜなら両方への心構えができているからである。なぜなら彼は貪欲さと同じくらいプライドからも無縁な状態にあるからである。

君は友人や家族から離れ離れになっている。その名前のリストを作り、よく見てみるといい。その家族の名前の中で友人として値する名前はどれだけいるというのか？そしてその中でも本当に友人だと言えるのはどれほど少ないだろうか？そのような一覧表に載せる価値がない人物名は消去してしまい、分量の多いカタログは小さなものへと収縮してしまうことだろう。この小さな残りものを見ても後悔するというのならするがよかろう。私としてはそんなことからほど遠く、他方で私は恥多く悪意ある精神の弱さに対して声をあげて、道徳ある友情のような感情を持ち出すことを禁ずることに熱弁する。友人たちから別れることを悔むなら悔め、だが悔やむなら男として悔め。

だが地位の喪失において最も気楽な部分は恥辱に関する部分である。人間の間には真の美点においてもたらされる以外、価値ある地位というものはない。地球上の王子たちは称号を持ち、儀式を取り仕切り、周りの目を王族として見られるように仕向けることができる。彼らの愚かさと邪さによって愚か者たちやごろつきどもに名誉ある衣装と叡智と徳の紋章を授与することが促されるだろうが、そんな人たちも他者に対して本当の意味で卓越しているということはなく、人工的に作られる位階よりもそのような本当の意味での位階が我々から奪い取られることはない。卓越した権力者は金銭に対して任意の偽りの価値を与える。というのもそれはいつの時代のどの場所でも等しい態様で流通するわけではないからだ。だが本当に価値あるものは不変のままであり、先見の明のある人はそのようなすぐに消えていく水腫めいたものがさっさと取り除かれるのを見たら、立派な銀を今度は積み重ねていく。このように美点というのは常に同じ報酬が普遍的にもたらされるものではない。だがそれが何だというのか？この報酬に対する権利は同じであり、賢い者や徳ある者たちによって常に同じようなものと看做される。このように追放状態では追放される前のように何も所有していないのなら、何も奪われることはないということである。彼らは我々が持っていた地位で我々のことを捉えていたのだ。我々固有の価値によってではない。追放された我々にはそのような地位、そのような称号はもうなく、それ故彼らにとって我々はどうでもいい存在となるのだ。自分のことながら我々自身が感嘆していないものに彼らは感嘆していたのだ。彼らが私たちを無視するというのなら、我々は彼らを憐れむ術を学ぶとしよう。彼らの勤勉性はしつこさにあった。このように追放される身となることにより安息が我々にもたらされることについて不平を漏らすことはないようにしよう。そしてその地位や権力を再び手にするとある太陽の晴れた日にそれらの小さな昆虫がまた戻ってきて我々の周りにもう一回押し寄せてくることを不安に思おうではないか。尤もらしい仮面の下で我々は自分の弱さと悪徳をどれほど上手に変装することができるか、そして世界を欺くだけでなく自分自身も欺くことに長けていることを私は知っている。善きことをするのは徳ある精神とは不可分な関係にあり、そのためかつて楽しんでいた地位や権力を喪失して我慢がならないような人物は、善きことをすることで満足を覚えられない人間性の故に、その人間は悔やんでいるのだ。だがそういった人間に知っておいて欲しいのだが、賢い人間は自分の置かれた境遇が許す限りで善き行いをすることに満足するのだ。そして我々がもっと善きことをするだけの力を失ったとしたら、同時に悪を為すことの誘惑からも逃れるのだ。上述した不便性は、賢い人間や徳のある人間にとっては困難がもたらされる要素が何もない。そして最後に述べた軽蔑されることや恥辱を被るということは彼の運命に襲い掛かることはない。自分自身に畏敬の念を抱くものが他者によって軽蔑されることはあり得ない。そして自分自身において自分の力を集め、大衆の判断を別の法廷で訴えることとし、人類とそれがもたらす出来事とは独立に生きる人間にとって恥辱がなんだというのか？カトーは法務官とコンスル[XXVIII]の職に落選した。だからといってそれが彼になんらかの恥辱をもたらしたと本気で考えるほど盲目な人はいるのだろうか？これら二つの長官職の威厳はカトーがその制服を纏ったらさらに増大したことだろう。苦しんだのはそれらだ、カトーではない。

　お前は善き市民としての義務を全うしたのだ。皆の信頼の念に誠実に応じ、職務はしっかりとこなし、敵をつくり危ない橋を渡ったにも拘らずお前の国家の益を追求したのだ。自分の力を尽くして敵の派閥から国益が害されることを妨げた。そしてお前の隣国や同盟国からも国益と相違するようになったら、彼らから国益を守り抜いた。それらが国益のための奉仕の恩恵を刈り取るのであり、そのためにお前は苦痛を味わった。お前は追放され恥辱を被り、国益を犠牲にして勝利しようとしてお前が邪魔立てした彼らは、お前の方へと復讐する。お前が奉仕し公すらも救ったのに敵対してくる人物たちは共謀しお前個人を破滅させようとした。そいつらがお前の非難者であり、軽薄で無恩な大衆がその裁判官だ。お前の名前は公権剥奪の一覧に記載されており、悪意も加わりお前のとる最善の行動を罪としようと努め、お前の人物像を損なおうとしている。この目的のために神聖なはずの元老院の声は嘘を口にしており、その記録も本来は真理の不滅の記念碑であるはずなのだが、詐欺と中傷の証拠書類に成り下がっている。こういった状況をお前は我慢がならないと思うし、国外追放という恥辱に比べたらいっそ死んでしまうことを好むだろう。だが思い違いをしてはならない。恥辱というのは不当にも迫害する者たちに残るのであり、不当に迫害を受ける者たちに残るのではない。「Recalcitrat undique tutus.【どこからも安全に蹴り返す】」

例えば君を追放することが発令された際、お前は何か伝染病を抱えていたり、体が湾曲したり、何かしら歪んでいたりすると公言されたとしよう。これは寧ろ立法者たちを滑稽なものにさせる。後者の方は彼らを不名誉にする。そしてそのどちらも肉体的に十分健康で他者から向けられた攻撃を気にもとめていない男を動揺させることなどないのだ。そんな追放生活よりもお前は故郷において、確かに安楽に豊かに暮らせるかもしれないけれど、これらの真逆な利害が織り混ざったような道具にもう一度なり、故郷のその第三の利害者になりたいとでもいうのか？他者の野心に彼らの想像上の危険から守ることを口実にして自分の能力を売り渡し、また恩義を与えるという口実の下で受けとった富を市民の中の最も卑しく邪な人間のポケットに吸い入れるのか？もしこの文の読み手がそのようなことを安んじて受けられるというのなら、お前は私がこうして語っている相手として適切ではなく、また何かしら私と関わり合いを持つべき人物でもない。逆にそれらのことを軽蔑するだけの徳性があるのなら、どうしてもう片方の選択肢について悔やむ必要があるのか？そんな国と境遇から追放されるというのはいわば牢獄から釈放されるようなものだ。

ディオゲネス[xxix]はポントス[xxx]の王国から金貨を偽造したとして追い出され、ストラトニコス[xxxi]は硬貨を偽造したのはシノペ[xxxii]から追放されるためにわざとやったのではないかと考えた。だが君の方は義務をこなすことによって自由を得たというわけなのだ。追放とそれに付随するあらゆる害悪を全て合わせても、挫けぬ心を追放に対して持っている者は軽蔑される原因からはほど遠いのであり、他方で栄誉という勝利品をまさにその不幸に立てている多数の者たちは落胆を覚えるのである。というのも不幸の真っ只中で堂々としている人間ほど大きな感嘆の念を人々の心に打つものは何もない、というのが我々の心の枠組みであり気質なのだから。

あらゆる不名誉の中で、不名誉な死が最も巨大なものだとせねばならない。だがそれでもソクラテスの死を汚そうとするような冒涜者は一体どこにいるのか？この聖者は三十の暴君を追い払った時と同じ様子で牢獄の中へと入っていったのであり、そこで不名誉などというものは取り払われたのだ。というのも、ソクラテスがそこにいるのにそれが刑務所だなんてどうして看做し得るだろうか。フォノンは同じアテネで死刑が執行された。その悲しい葬列に居合わせた人たちは皆、目を地面の方に向けていて、疼く心によって悲しみに浸っていたのだが、それはその無罪の男に偲んでではなく、彼の中にあった正義が罰せられたからだ。だがそれでもくずのような者はいるものである。というのも怪物たちは時々自然の一般原則に矛盾する形で生み出されるからだが、その顔の前を通る時唾を吐いた者もいる。その時フォノンは頬をぬいで微笑み、長官の方に顔を向けて、「この男がこれからもこんな薄汚い状態にいないよう注意してくれ」と言った。

恥辱は徳を支配することができないのである。というのも徳はどういう状態にあろうとも不変なものだからであり、同じことが試されるのだ。徳が繁栄するとき我々は世界を称賛する。そして徳が逆境を迎えている時やはり称賛する。神殿の神々の如く、遺跡の状態にあってもそれは尊いものなのだ。このことを鑑みれば、毎瞬間攻撃に晒されているというのに、そういった攻撃から身を守る唯一の手段の徳を身につけることを一瞬間だけ先延ばしにするのはもはや一種の狂気に思えないだろうか？我々が惨めか惨めでないかは、我々が不幸に陥った時、どのようにかつての繁栄を享受していたかにかかっている。もし我々が折よく叡智を学んで徳を実践していたのなら、追放における害悪などどうでもいいと思うだろう。だがそうではなかったのなら、重大問題となる。ある場合は害悪はあるが、別の場合はそれらよりも遥かに大きな害悪に対する癒しの手段がある。ゼノンは船の難破によりアテネの海岸に放り出されたことを喜んだ。そして彼は財産の喪失によって、自分の徳や叡智や己の名前の不滅性を獲得したのだと感謝した。

　肉体と同様に精神にとっても良い空気と悪い空気がある。調子がいい時もあれば悪い時もある。繁栄においては我々の慢性的な不機嫌をさらに苛立たせ、それが取り除けられる希望を持てるのは逆境においてのみなのだ。そういう時、追放されるというのはいわば空気を入れ替えるようなものであり、それに付随する悪は「良薬口に苦し」の如く常習的な病に当てられるのだ。アナカルシス[xxiii]がブドウの木について述べたことは繁栄についても同じことが十分言えるのではないだろうか。それは酔いと快楽と悲しみの三つの樹液を内包しているのだ。そして最後の悲しみが前者二つのもたらす悪を治癒することができたなら幸いである。もし苦しみが然るべき効果をもたらすことができないのなら、事はいよいよ深刻である。それは寛大な摂理が使用する治療としての最終手段なのだ。それが効かなくなったなら、我々は病弱して惨めさと軽蔑の中で死ななければならない。人の虚しさ！一体何を願い、祈るべきかわかっていることがなんと稀なことか？我々が不幸に対して祈れば、そしてそれらに最も甚だしく怯えるというのなら、逆に不幸が最も不足しているという意味でもある。この理由こそがピタゴラスが神について何か特定のことを尋ねることを弟子たちに禁じたのだ。我々に欠けているものを知っていて、求めることにも無知な我々が祈りとして端的でかつ最善な文句は「汝の御意志のままに」となる。

キケロは彼の作品のいくつかにおいて、幸福というのはあらゆる哲学の向かう対象なのだから、哲学者たちの討論する幸福というのは最高善の異なった捉え方から生じるものだとしている。その内容において各々が一致に至れば、残りの部分においても各々の哲学が一致する。ゼノン派は最高善をむき出しの美徳におき、自然と真理の限界を超えた極限にあると結論づけた。ゼノンの哲学が流行している間にまた別の大きな流行となったそれとは反対の教義があるのだが、それがこの極限を体現しているかもしれない。つまりエピクロス派の快楽を最高善とした。彼のこの教義はわざとあるいは偶発的に誤って解釈された。彼の門下生たちはそれを悪用することを促進する原因を作ったかもしれないが、競争心がその論争をより苛烈なものとした。というのも実際は、理性に基づく知性的なものを主眼としたストア主義と、正道的な正真正銘のエピクロス派の間にある差異は想像されるよりも少ないからである。Felix anima【幸福な精神】の損なわれることない平穏性と、エピクロスの肉体的な快楽は類似していると言っても差し支えないほど近いものなのだ。そして各々の哲学を最も追従している者たちで、ゼノンの教義の実行をエピクロスのその哲学よりもより大きな威厳と忍耐強さで向き合ったかどうかかなり疑っている。だが、アリストテレスはその中間をとり、おそらくより優れた哲学を打ち出し、幸福を精神と肉体と資産の恩恵が合わさった状態にあるとした。確かに幸福はそれが合わさってもたらされる。だがそれら三つは全て等しい土台に置かれていると看做すべきではない。我々は資産の喪失を、他の二つよりも容易に耐えることができる。そして人類があまりに怯えている貧困そのものは per mare pauperiem fugiens per saxa, per ignes【海や岩、火を越えて貧困から逃げる】ものだが、狂気に陥ることや、墓石で眠ることに比べれば間違いなくましなことである。クリュシッポス[xxxiv]は生きないよりは狂気な状態で生きる方がましだとしたが！

もし追放によって資産の恩恵が奪い取られることがあったしても、我々に肉体と精神のより価値ある恩恵があるのならそれを奪い去ることはできないのだ。そして同じ出来事がそれらを我々に再度もたらすことがあるというのなら、国外追放は理性の領域下にある者からすればあまりに些細な不幸なのであり、逆に肉体ならびに精神上の健康を破滅させる悪徳へと未だ沈み込んでいる者なら大いなる祝福となる。これらの恩恵からむしろ望まれるものなのであり、誰にも怯えられるものではないのだ。実際にこのような状態にあるのなら、摂理が我々のために働いてくれたその意図を支え、むしろ資産を今まで減らそうとさせなかったことを幾分か改めようではないか。「Si noles sanus, curres hydropicus【もし健康において走らなければ、水腫にかかっている時に走ることとなる】」

我々はかつて妨げてきたが悪を減じることができ、錯乱気味だった情念と悪徳ある慣習を正していくにつれ、我々の感じる不安がそれに応じて減っていくことが感じられていくだろう。徳へと近づいていくことは全て快いものだ。このやり方で不幸を治していこうとする人は、自分を亡命へと追い込んだその悪は自分の虚栄や愚かさから湧いて出て、それらと一緒に自分を追放させたことをどれほど喜びを以て見出すことだろう！以前の精神状態において、彼は自分の好む川からとられた水しか飲めないとした柔弱な王子や、エウリピデスの悲劇のように結婚式で松明に火を灯さず、息子の結婚式において川が水を注がなかったことを嘆く単純な女王のような状態にあったことに気づくだろう。このような滑稽じみた側面で自分を見ることにより、あらゆる最も強力な証拠と自分の経験から、自分が不幸だったのは悪に染まっていたからであり、決して追放されたからではないのである。あまりに上品すぎると思われることを恐れなかったら、私はあえて国外追放における資産の恩恵を、国外追放によって失うことと比較してここに書いていきたい。

　そのうちの一つとしてメノイケアス[xxxv]という孤独を好む人物がいるのだが、彼がこの点の理解においては偉大であったり賢い人たちからも無視されてきた。ファレロン[xxxvi]のデメトリオス[xxxvii]はアテネから追放された後、エジプト王の第一の宰相となった。そしてテミストクレス[xxxviii]はペルシアの王宮でそのように歓待された時、自分が破産することがなかったら自分の資産は喪失されたままだったとよく口にしていた。だがデメトリオスは第一のプトレマイオス王の寵愛が原因で、第二の王の下につくことによって恥辱へと身を晒した。そして自由民の長であったテミストクレスは自分が征服した王子の宰相となった。亡命において、我々には他人のために生きるという義務はないというのに、一体どうしてその利点適切な恩恵を味わい、自分に基づいて生きないということがあるだろうか？

　トラヤヌス帝とハドリアヌス帝の下で大きな名声を得ていたシミリス[xxxix]は隠遁する許可を得た

ら、七年間隠棲して、次の碑文を墓に刻むことを命じて死去した。彼は大地の上で何年も過ごしたのだが、実際に生きたのはたったの七年だけだ、と。

もしお前が賢いのであれば、お前の閑暇は有意義に過ごされ、お前の隠棲はお前の人間性に新たな光沢を添えるだろう。トラキアにいたトゥキティデスや、シチリアの小さい農場にいたクセノフォンを手本にするがよい。そのような隠棲状態ではオリンピアの競技において参加せずとも判定したエーリス[xl]の住民たちのように腰を下ろすことができる。世界の慌ただしさから離れ、そして何が起きようともほとんど心を動かすことはない観衆となり、現代において公の生活で十分な働きを払ったのだから、後世の人々に対して負っているものを私的な生活で払うのだ。生きるがままに書くのだ、情念は無しに。真理を土台にするように自分の幸福を打ち立てるように自分の評判を立てるのだ。そのような仕事のために相応の才能や趣向や必要な素材が欠けていたとしても、怠惰へと堕してはいけない。スキピオがリテルヌム[xli]で示した範を手本とするように努めよ。自分自身に「Innocuas amo delicias doctamque quietem【無垢なる喜びと巧みな平穏を私は愛する】」と言えるようにせよ。田舎の楽しみと哲学的な黙想はお前の過ごす時間を円滑なものにする。そして天の寛大さにとってライオス[xlii]のような友人を得ることができたなら、君の全き幸福において不足しているものは何もない。

これらが亡命生活の下における精神状態をさらに強くするのに貢献するかも知れぬ考え方であり、他の人生上の不運については全ての人間がその心構えをしなければならないものだ。なぜならそれは人類共通の事柄、繰り返すが人類共通の事柄だからだ。人類から逃れたとしてもその事柄は避けられず己を晒し続けるのだ。敵意ある運命の矢が我々の頭上から向けられているのだ。いくつかは我々に届くし、いくつかは我々に狙いをつけていて、近くの人に放ち負傷させるのだ。そういったわけで、精神を常に変わらぬようにして、不満を呟かずに人類に負っている感謝を払おう。

冬が寒さをもたらし、我々は凍えることを避けられない。夏は暑さを伴って戻ってきて、我々は溶けることを避けられない。空気の容赦のなさは我々の健康を見出し、病になることを避けられない。ここでは野生の動物たちに自分たちは晒されているが、あちらでは野生の動物よりも凶暴な人間たちがいる。そして空気と大地の危険性と不便性を逃れたとて、水や火による危険性がある。これら活動の定められたものは我々の力で変えられるものではない。だが偉大な精神が賢く徳のある人間を形成すると考えるのは我々の力に依るものだ。それは人生の事件に毅然たる態度を以て立ち向かうことを可能とし、世界という巨大な王国を統治し変遷していく自然の秩序に我々は適合することができるのだ。この秩序に従おう、そして起こる得るものは全て必然に基づいて起こるのであり、自然に強く不満を言うことを避けようではないか。我々が採り入れることのできる最良の解決手段は我々は変わることのできない存在であり、全てを導いていく摂理が我々に用意した道を悔やむことなく辿っていくことだ。単に辿っていくだけでは十分ではない。辿りつつもため息を漏らしたり嫌々ながら行進していくのは駄目な兵士に他ならない。我々は命を喜びと同意を以て受け取らなければならず、事物の美しい配列において割り当てられたこの道から逸脱しないように努めなければならない。そこでは我々の苦しみすらも必要な要素であるのだ。クレアンテス[xliii]がそれをその素晴らしい詩で描写しているように自分自身を全てを統べる神に委ねよう。それをここで翻訳するが、原典にあった優美さやエネルギーが損なわれるのは残念なことだ。

自然の親よ！世界の主よ！
何時の摂理がどこへ導こうとも、見よ
我の足取りは陽気な諦念によって向かっていく
運命が積極的な者を前に導き、消極的な者を後ろに引きずっていく
我が悲しみに耐えねばならぬというときに、どうして我が悲しめるというのか？
あるいはどうして罪を背負っていかなければならないのか、罪なきことを分かち合うかもしれないのに？

このように口にし、このように行動しよう。神の御意志の下に委ねることが真実なる威厳な

のだ。だが臆病で卑賤な精神の確実な印は、その御意志に刃向かい、摂理の命を非難し、自分の振る舞いを糺すのではなく、自分の創造主を糺そうとすることである。

【注】

i　原文ではProcopius表記。明確ではないが、六世紀東ローマ帝国の歴史家であるプロコピオス（Προκόπιος (500?-562?)）のことか。

ii　原文ではAbgarus 表記。時代背景からメソポタミア北部にあったオスローネ王国の王アブガル五世（Abgar V, 前一世紀 - 前50）のことか。

iii　Galli: 原文ではGauls 表記。紀元前において、ガリア地方に住んでいたケルト人のことを指す。古代ローマ時代にカエサルによって敗れ去ったのちはローマ人と同化していった。『ガリア戦記』において高名。

iv　Ἑλλης πόντος: 原文ではHellespont 表記。現在ではエリス・ポンドスとも発音される。現在のチャナッカレ海峡【Çanakkale Boğazı】の旧称の一つであり、ダーダネルス海峡とも呼ばれる。「ヘレの海」という意味で、ギリシア神話が名称の由来である。ボスフォラス海峡とともに、ヨーロッパとアジアの境界を構成している。

v　Σέσωστρις: 原文ではSesostris 表記。古代エジプトのファラオでヘロドトスの『歴史』によると、ヨーロッパに侵攻したとされている。文末注六に記載のコルキスにも侵攻し、植民者を当地に残したと言われている。

vi　Κολχίς: 原文ではColchos 表記。紀元前六世紀から紀元前一世紀にカフカス地方に存在した古代グルジアの王国、あるいは地域を指す。現在のジョージア西部にあるとされ、のちにギリシアの植民地となった。

vii 原文ではWoden表記。北欧神話の主神で戦争と死を司る神オーディン（Óðinn）を指すものと思われる。

viii 原文ではThor表記。北欧神話に登場し、ゲルマン地域において広く信仰されている戦神トール（Þórr）を指すものと思われる。

ix この「大陸」はアメリカ大陸を指す。

x Marcus Claudius Marcellus（前94頃－前45）：紀元前一世紀の共和制ローマにおける元老院議員。紀元前五十一年に執政官を務めた。当初はアントニウスを支持していたが、ファルサルスの戦い後はカエサルとの対立をやめ、文末注一一のミティリニへと逃れた。その後カエサルに許され、ローマへ戻ろうとした途上で文中に記載のように随行者キリに殺害された。

xi Μυτιλήνη: 原文ではMethylene表記。現在では「ミティリニ」に近い音で発音される。ギリシアのレスヴォス島の都市。アリストテレスがかつて住んでいたことでも知られている。

xii Marcus Porcius Cato Uticensis（前95－前46）：紀元前一世紀共和制ローマの政治家。若いころはストア派哲学の研究に従事した。後に政治家となるがカエサルと対立し、内戦の末敗れ、自刃した。文末注二四のカトーは曽祖父であり、区別するために「小カトー」とも称される。

xiii Quintus Caecilius Metellus Numidicus（前160頃－前91）：紀元前二世紀から一世紀の共和制ローマの政治家、軍人。権力者との対立を避けるために自ら亡命し、後に許されたものの殺害された。これは本文の記載通り、文末注一〇のマルケッルスと同じ運命であるが、年代としてはかなり前の出来事である。

【注】

xiv Gaius Marius（前157頃－前86）：紀元前二世紀から一世紀の共和制ローマの政治家、軍人。カエサルの外伯父であり、後々彼の政治基盤となった。

xv Lucius Appuleius Saturninus（?－前100）：紀元前二世紀のローマ共和制の政治家。マリウス派の護民官であったが後に反目し、自身の反対勢力によって殺害された。

xvi Aulus Gellius（125頃－180?）：二世紀ローマの著作家、文法学者。『アッティキの夜』の著者として高名。

xvii 紀元前一世紀の歴史家クウィントゥス・クラウディウス・クアドリガリウス（Quintus Claudius Quadrigarius）のことか。年代記著者であり、文末注一六のゲッリウスが彼の年代記の大半の断片を残していた。

xviii Publius Rutilius Rufus（前158－前78頃）：紀元前二世紀から一世紀にかけてのローマの政治家、軍人。軍事と政治の両面で活躍を見せ、文末注一三のヌミディクスのレガトゥス（軍団副司令官）として戦争に加わった。そののち執政官を務め、アシア属州のレガトゥス（特使）としても活躍した。

xix Apicius (?-?): 紀元前一世紀ローマの贅沢愛好家。本文中にも少し触れられているが、文末注一八のルティリウスがローマから退去する契機を作ったと言われている。

xx 紀元前一世紀の元老院議員で、キケロの友人のガイウス・クラウディウス・マルケッルス・ミノル（Gaius Claudius Marcellus Minor, ?－前40）のことか。クラウディウスは文末注一〇のマルケッルスの直系の子孫でもある。

xxi Titus Pomponius Atticus（前 110– 前 32）：紀元前一世紀共和制ローマの知識人。キケロとは幼馴染であり、親友として知られている。アテネ再興のために出版業を始め、キケロが彼に宛てた書簡集『アッティクス書簡集』でもその名は知られている。

xxii Marcus Porcius Cato Censorius（前 234– 前 149）：紀元前三世紀から二世紀共和制ローマの政務官。執政官と監察官の両方を務め、ヒスパニアなどの戦争で勝利を収めた。「カルタゴ滅ぶべし」の発言でも知られている。文末注一二のひ孫カトーと区別するために「大カトー」とも称される。

xiii Lucius Sergius Catilina（前 108– 前 62）：紀元前一世紀共和制ローマの政務官。独裁者スッラのもとで頭角を現したが、執政官選挙に落選し、「カティリナの陰謀」と呼ばれるローマ転覆計画を立てた。キケロは彼に対して、『カティリナ弾劾演説』として後に出版される演説を行った。

xxiv ソクラテスを指している。

xxv שפטים:『旧約聖書』士師記に登場する人物。怪力で有名な士師で、二十年間イスラエルを裁いていた。

xxxi Agrippa Menenius Lanatus（?– 前 493）：共和制ローマの政治家。執政官に就任後、自分たちだけで国を作ろうとした平民たちを貴族の代表として説得し、分断を防いだ。文中の「仲裁者」とはこのことを指し、平民たちにも愛されたという。

xxvii Marcus Atilius Regulus（前 307?– 前 250）：原文では Attilius Regulus 表記。紀元前三世紀共和制ローマの政治家、将軍。二度執政官を務めた。第一次ポエニ戦争を戦い、序盤は勝利を収めるものの、カルタゴとの戦いに敗れて捕虜となり、殺害されたと伝えられている。

【注】

xxviii consul: 古代ローマの政務官の一つ。共和制ローマにおいては事実上の元首にあたる。帝政ローマ時代にも存在し、両時期における歴史的人物の多くがこの職に就いている。

xxix Διογένης（前412?–前323）：古代ギリシアの哲学者で、ポントス王国の都市シノピ生まれ。ソクラテスの孫弟子にあたり、犬儒派の思想を体現していた。文中にあるように通貨を偽造していたとされているが、偽物の通貨を峻別するために傷をつけたことが偽造とみなされた説もある。追放後はアテネに定住した。

xxx Πόντος: アナトリア地方の黒海南岸部の地域名。現在のトルコ共和国北部に位置し、古代にはポントス王国という国が存在した。同国はアケメネス朝から独立して成立したが、のちにローマに侵攻され、属州となった。

xxxi 原文ではStratonicus表記。ディオゲネスと同時代人で音楽家に同名のストラトニコス（Στρατόνικος, ?-?）がいるが、著作を残したという話はなく関連性は不明である。

xxxii Σινώπη: 現在のトルコ共和国のシィノプ（Sinop）を指す。現在では「シノピ」とも発音される。

xxxiii Ἀνάχαρσις (?-?): 紀元前六世紀はじめ頃のギリシアの哲学者。スキタイ人の王族出身であったが、アテネを訪れ、ソロンに賢者であることを認められた。

xxxiv Χρύσιππος ὁ Σολεύς（前280頃 - 前207頃）：古代ギリシアの哲学者。ストア主義第二の創設者とも称され、ギリシア、ローマ世界にストア主義を広めることにおおいに貢献した。

xxxv エピクロスの弟子の一人であるとされるメノイケアス（Μενοικέας）のことか。

xxxvi Φάληρον: アテネ近傍のサロニコス湾に位置する地名である。現在では「ファリロン」と発音されるべきであるが、実際の地名は Φάληρο「ファリロ」である。

xxxvii Δημήτριος ὁ Φαληρεύς（前 350–前 280）：古代ギリシアの学者、政治家。アッティキ地方の港ファリロに生まれた。アリストテレスの弟子で、アレクサンドロス大王の東征の間、アテネの統治を任された。

xxxviii Θεμιστοκλῆς（前 524–520?–前 459–455?）：古代ギリシア・アテネの政治家、軍人。執政官を務めた際には、船を建造し、軍事力を高めたことでペルシア戦争においてアテネが勝利を収める契機を作った。後に陶片追放によりペルシアにのがれ、当時の王の歓待を受けた。

xxxix Servius Sulpicius Similis (?-125): 古代ローマの騎士で、トラヤヌスとハドリアヌスに仕えていた。エジプトの総督職にも就いていた。

xl Ἦλις: 古代ギリシアの地方で、現在のイリア県にあたる。ペロポニソス半島に位置し、第一回古代オリンピックは当地にあるオリンピアにて開催された。

xli Liternum: 原文では Linternum 表記。現在のイタリア・カンパニア州にあった町。現在は当地に遺跡が存在している。大スキピオが住んでいたことでも知られている。

xlii Λάϊος: ギリシア神話に登場するテーバイの王。オイディプス王の父親であり、後に息子によって殺害された。

xliii Κλεάνθης（前 330–前 230）：古代ギリシアのストア派の学者。小アジアのアッソスに生まれ、ストア派第二代学頭になった。現在にも残っている著作に『ゼウスの賛歌』があり、文中に引用されているものもこちらからの引用だと思われる。

エピロゴス

ソクラテス：旅に行くことは可能なのだろうか。

マテーシス：と言いますと？

ソ：どこでもいいが、私が外国に行きそこに住んだとしよう。だがそれは、私が本当にそこに住んでいると言えるのだろうか。私はよく外国に旅に行くが、結局自分の国の本を読んだり、仕入れる情報も自分の国ものばかりだ。それもそのはずで、私はその国の言語がわからないのだから。そして教育とか仕事とか経済とか、ともかく自分は今まで自分の国の風習として育って来たわけで、思い出なども自分の国のものなのだから、何かを考えたり、昔を思い返したりしても多くの場合は自分の国に由来するものとなってしまう。読むのも結局は母国語、振る舞いも基本的に誰もみていないところでは母国のやり方、何かを考えたり思い出したりしてもそれは母国のものとなる。仮に外国にいたとしても、なるほど物理的にはその外国にいるということになるが、結局は自国内にいるに過ぎないのではないかね？強いて外国にいることとすれば、カフェとかで飲んだりレストランとかで食べたりする時だろうね、外国にいるというのは。

マ：確かにその考え方には一理あります。国もそうですが、自分という性格もまた外国へと持っていくのですよね。自分は自分からは逃げられないもので、外国に行ったとしても自分固有のあり方になってしまいます。年をとればとるほど外国にいようとも自分のことはそのままでいて、それだけ溶け込もうとしなくなりますね。

ソ：そうだね。仮にその国の言語がわかり、文字を読めたり、会話に入っていけたとしたところで、年をとっていればいるほど外国では人と交わろうとはしなくなるだろう。国を国たらしめているのは何も言語だけではない。風習や制度、明文化されていないような暗黙の前提が多数あるものだ。それは自分と大いに異なるものである。だから本当の意味で外国で暮らそうと思えば、そういったものも知る必要が、もっというなら感覚的に身につける必要があると思うのだ。

マ：確かにそうですね。ただそういうのはものすごい労力がかかるのは言うまでもありませんね。色々と痛い目を遭うことが多数ありますし、自分の生き方そのものを変えないと行けないわけですからね。

ソ：そうだね。ただ逆に考えて、自分というものはそう簡単に変わらないという意味でもある。さきほど君が、年をとればとるほど外国にいても自分はそのままでいる、ということを言ったのだが、自分は自分というものを年月を経て作り上げてしまうものなのだ。それは基本的に変わらないものであり、いわば自分は自分を常に抱えているということになる。そしてそれは死ぬことがない限り、常に抱えていくものなのだろう。例え別の国に移動したとしてもだ。

マ：それは果たしていいことなのでしょうか？

ソ：それは作り上げる自分がどういう自分なのかによるね。人間というのは実にピンキリで多様な幅の善悪や賢愚、その他諸々の要素があるわけだが、その多種多様な要素が組み合わさってできた「自分」を抱え、それによって苦しむ人間もいればそれに大いなる安らぎを得る人間もいる。後者の安らぎを得るほどの、優れた「自分」ならば、その人間はどこにいようと、どんな目に遭おうと、核となる部分では安らぎを得ることができる。確かにこれは真理、それも珍しく心地のいい真理だと私は思っているよ。ただ安らぎを得ない方の自分だと逆で、かなり悲惨なことになっていくがね。なにぶん、ろくでなしを常に自分の中に抱えてしまうのだからね。私もそういう輩が同じ部屋にいるだけでも相当きついのに、それが24時間ずっと自分の中にいるなんてたまったもんじゃないよ。

マ：それでは自分というものは一体どうやって作っていくものでしょうか。

ソ：まあ、結局そういう質問が出てくるのは必然だろうね。それは難しいことで、私にもわからない。日常的な善悪等の行いが塵も積もれば山となる、という言葉のように徐々に自分を形成し、三十も超えたあたりからそれが結実するからそのように努めよ、というのが模範解答だろう。だがもしかすると人は生まれる時から、「どういう自分を作っていくか」が予め先天的に定まっているのかもしれない。逆に自分の意思で後天的に作っていくことができるのかもしれない。ただ「自分の意思で後天的に作っていくこと」それ自体が先天的に定まっているのかも知れない。だとしたら神々の所業というものも残酷なものだ。我々の悩みも、我々の想いも、あるいは善行や犯罪も決まっているのならね。

マ：仮に先天的に決まっているというのなら、人に出来ることってあるのでしょうかね。

ソ：運命に身を任せる、かね。いやわからないがね。

訳者紹介
高橋 昌久（たかはし・まさひさ）
哲学者。
Twitter: @mathesisu

カバーデザイン 川端 美幸（かわばた・みゆき）
e-mail: bacxh0827.miyukinp@gmail.com

亡命に寄せる省察

2025年1月23日 第1刷発行

著 者 初代ボーリングブローク子爵
訳 者 高橋昌久
発行人 大杉 剛
発行所 株式会社 風詠社
〒553-0001 大阪市福島区海老江5-2-2 大拓ビル5-7階
Tel 06（6136）8657 https://fueisha.com/
発売元 株式会社 星雲社（共同出版社・流通責任出版社）
〒112-0005 東京都文京区水道1-3-30
Tel 03（3868）3275
印刷・製本 小野高速印刷株式会社

ISBN978-4-434-34730-6 C0098